L'ECOSFERA

DAVI JOY

L'ECOSFERA

DAVI JOY

CAPITOLO 1
ECOSFERA

La notte era un nero velluto spolverato di stelle, una vista che Alexandra Rook, astrofisica di fama internazionale, aveva sempre considerato più accogliente di qualsiasi abitazione terrestre.

Quella notte, tuttavia, la bellezza immutabile del cielo era stata soppiantata da un nuovo, misterioso ospite. All'interno dell'Osservatorio Astronomico di Mount Graham, le luci soffuse danzavano sulla sua pelle chiara, riflettendosi sui suoi occhiali mentre fissava intensamente i monitor che le fronteggiavano.

Un brusio di energia pervadeva l'aria, l'elettricità palpabile era un miscuglio di eccitazione, confusione e un pizzico di trepidazione.

Nel cuore dell'oscurità cosmica, un oggetto misterioso aveva attirato il suo sguardo penetrante.

Alexandra aveva speso gran parte della sua vita a scrutare le stelle, ma nulla avrebbe potuto prepararla a ciò che stava vedendo.

Nell'ampio laboratorio, l'aria era carica di elettricità. Strumenti di precisione, computer di ultima generazione e un gigantesco telescopio adattivo dominavano la stanza, puntando direttamente verso il cielo.

"Dobbiamo analizzare ogni singolo angolo di quella struttura," disse Alexandra con decisione, "da questa base terrestre fino alle profondità dello spazio interstellare."

Il Dr. Reynolds, con il suo solito fare riflessivo, rispose: "Una scansione ad ampio spettro. Dalle radiazioni gamma all'infrarosso. Ci fornirà una panoramica."

Con un sottile bip, il processo di scansione venne avviato. I dati fluttuavano sugli schermi, offrendo una rappresentazione visiva della vastità spaziale. Ma qualcosa di insolito accadde: ogni onda inviata alla sfera sembrava ritornare, quasi come un'eco.

"È incredibile," esclamò Elara, "ogni segnale che inviamo torna indietro! È come se la sfera stesse rispecchiando le nostre azioni."

Alexandra osservò i segnali oscillanti sugli schermi. "È un'eco, un' Ecosfera!"

Jin, con gli occhi fissi su uno schermo, interruppe: "E se ampliamo queste echi... Guarda! Emerge un pattern. Una sequenza di linee che sembra formare una sorta di mappa o schema."

Dr. Reynolds, assorbendo ogni dettaglio, mormorò: "Potrebbe essere una guida. Una chiave su come comunicare o interagire con essa."

Alexandra sentì il cuore battere forte. "O forse sta cercando di comunicare con noi attraverso queste echi, mostrandoci come si sente essere 'ascoltata'."

Nonostante la stanchezza, il team era più vivo che mai.

Alexandra sapeva che avevano appena sfiorato la superficie di questo mistero. Il vero viaggio stava per iniziare.

Passò ore ad osservare, registrare, ipotizzare, ma l'Ecosfera rimaneva silenziosa, la sua presenza un enigma in attesa di essere decifrato.

La sua mente, abituata a risolvere i misteri del cosmo, si scontrava con un muro di domande senza risposte. L'oggetto sembrava sfidare apertamente la comprensione umana, la sua presenza un richiamo alla curiosità della dottoressa .

Mentre la notte avanzava, si ritrovò avvolta nel mistero, un mistero che, senza che lei lo sapesse, avrebbe sconvolto non solo la sua vita, ma l'intero futuro dell'umanità.

La domanda che risuonava nella sua mente era semplice, ma carica di un'immensa portata: "Cosa è l'Ecosfera?".

CAPITOLO 2
LA VOCE DELL'ECOSFERA

Il sole era appena sorto sopra l'Osservatorio Astronomico di Mount Graham quando Mrs Rook fece ritorno al suo laboratorio, un santuario di silicio e acciaio dove l'enigma della sfera la stava aspettando.

Il suo sonno era stato minimo, poche ore di riposo irrequieto, il tempo trascorso lontano dalla sua postazione le sembrava sprecato, ogni momento che passava era un altro momento in cui l'apparizione rimaneva un mistero.

Le pareti del laboratorio cominciavano a tappezzarsi di diagrammi, grafici e formule matematiche - un mosaico di confusione che solo Alexandra poteva decifrare. Al centro del caos, il suo banco di lavoro era una piccola isola di ordine, il computer illuminato di blu che visualizzava i codici per la scansione.

Ogni tentativo di scansione veniva rispedito indietro, ogni sforzo per penetrare l'opaca armatura si rivelava infruttuoso.

I giorni cominciarono a passare inesorabili.

Una notte, mentre la fatica minacciava di sopraffarla, un suono pose fine all'assordante silenzio nel laboratorio, era come un sussurro che proveniva dall'abisso cosmico, un linguaggio di toni e intervalli, di creste e valli sonore che Alexandra, nonostante la stanchezza, riconobbe immediatamente come una forma di comunicazione.

Il cuore dell' astrofisica si riempì di un'emozione mista tra eccitazione e paura. Senza perdere tempo, si lanciò verso i suoi strumenti.

L'Ecosfera, in qualche modo, stava cercando di comunicare.

La sala di registrazione era immersa in un silenzio quasi sacro. Microfoni ultra-sensibili erano stati posizionati in modo strategico, pronti a catturare qualsiasi minima variazione sonora proveniente dalla sfera.

Alexandra, con un paio di cuffie avvolte attorno al collo, guardò il tecnico del suono, Cedric, dando il segnale di inizio. Un leggero tintinnio indicò che la registrazione era iniziata. Tutto era calmo per qualche secondo, e poi, lentamente, cominciarono a riemergere le vibrazioni. Un susseguirsi di frequenze, alcune simili a campane lontane, altre come sottili fischi o grida in lontananza.

"Sta... cantando?" bisbigliò Elara, con gli occhi spalancati di meraviglia.

Alexandra, profondamente concentrata, rispose sottovoce: "È come se fosse viva, rispondendo al nostro tocco con una melodia propria."

Mentre i suoni fluttuavano e si fondevano, creando armonie spaziali che nessun orecchio umano aveva mai sentito, l'intera squadra rimase ipnotizzata. Quella non era una semplice registrazione: era una conversazione, un'antica canzone dell'universo rivelata loro attraverso la sfera.

Dopo minuti che sembrarono ore, il canto cessò, lasciando dietro di sé un silenzio ancora più profondo di prima.

Alexandra finalmente si tolse le cuffie. "Abbiamo appena ascoltato la voce dell'universo," sussurrò. E con quella realizzazione, una nuova porta di comprensione si aprì davanti a loro.

Nei giorni successivi, Alexandra si immerse nel tentativo di decodificare il misterioso linguaggio.

Ogni giorno, il sole si alzava e tramontava, mentre lei rimaneva incollata ai suoi monitor, i suoi occhi tracciavano schemi nel flusso continuo di dati.

Le notizie della scoperta e dei segnali erano diventate virali, attirando l'attenzione di scienziati da tutto il mondo.

Arrivarono a Mount Graham come pellegrini, con l'intento di unire le forze per risolvere l'enigma.

Tuttavia, una cosa era certa: l’oggetto sferico stava cercando di comunicare con l'umanità, e Alexandra era più che mai determinata a capire cosa stesse cercando di dire.

CAPITOLO 3
L'OMBRA SI ALLUNGA

L'Osservatorio Astronomico di Mount Graham, un tempo bastione solitario di conoscenza e scoperta, si era trasformato in una città delle stelle, un faro di luce accecante nel cuore dell'arido deserto dell'Arizona. Un caleidoscopio di tende, furgoni di attrezzature e un'armata di menti brillanti si erano radunate sotto il suo tetto, attirate dal mistero.

Nonostante l'apparente caos, una strana simmetria governava l'attività frenetica. Le menti più luminose del pianeta, guidate dalla ferma leadership di Alexandra Rook, stavano sviscerando l'enigma con una precisione quasi chirurgica. Ogni bit di dati veniva analizzato, ogni teoria scrutinata, ogni ipotesi messa alla prova.

Ma nel mondo esterno, un'ombra si stava allungando.

Mentre i giorni trascorrevano, le rivelazioni sulla scoperta dell'Ecosfera e sui tentativi di decifrare i suoi messaggi erano divenute di dominio pubblico, attrarre sguardi non sempre benigni. Governi affamati di potere, corporazioni avide e individui dall'oscura ambizione avevano rivolto le loro attenzioni all'osservatorio. Il potenziale della sfera- una fonte inesauribile di conoscenza, una potenziale arma o uno strumento di controllo - era un trofeo troppo allettante per essere ignorato.

Alexandra iniziò a sentire la tensione. Le richieste di informazioni provenienti da agenzie governative si intensificarono, le richieste di interviste dei media si moltiplicarono, e gli attacchi informatici ai loro sistemi diventarono sempre più audaci.
Era come se una fitta rete di ombre si stesse lentamente chiudendo intorno a loro, un nemico invisibile che cercava di infiltrarsi nel loro sancta sanctorum di ricerca.

Nel frattempo, in una cripta nascosta di un antico castello nei pressi di Ginevra, una ristretta élite mondiale si era radunata nell'ombra, circondata da antichi simboli e codici enigmatici.

Victor Belmonte, il visionario dietro AeternaTech, il cui scopo era, tramite trasfusioni di sangue giovane, prolungare la vita delle persone, iniziò, "Questo luogo ha visto nascere e morire segreti millenari, e stasera suggella il nostro comune destino legato alla sfera." Alzando il tono della voce esclamò "Questa sfera è un segno! Un chiaro segno venuto dall'alto! Dobbiamo impossessarcene!"

La misteriosa Draghessa, le cui radici erano annodate in antiche dinastie cinesi, società segrete, mafie tagliagola, inclinò la testa, i suoi occhi scrutavano ogni angolo della stanza, come se cercasse un indizio nascosto. "L'Ecosfera

non è solo tecnologia, è potere puro. La Rook, benché brillante, non comprende appieno ciò che ha tra le mani.

Tagliamogliele e prendiamone il contenuto!" Sogghignò con fare da pazza dal centro del tavolo.

Lord Ernest Harrington, i cui antenati erano stati grandiosi massoni, si mise in piedi lentamente, la sua ombra incrociando quella di un bassorilievo che rappresentava la lotta tra luce e oscurità.

"Noi, però, comprendiamo. E dobbiamo agire, intrecciando le nostre ambizioni come le antiche corporazioni hanno fatto nei secoli."

Il generale Stubborn, la cui uniforme sembrava tessuta con i fili delle confraternite militari, aggrottò la fronte. “Ogni passo fuori posto potrebbe essere la nostra rovina."

Con un gesto teatrale, Victor svelò un antico pergamino, ricco di simbolismi esoterici. "Ho trovato questo tra le rovine di un tempio dimenticato. Parla di un'entità simile all'Ecosfera e di un rito per assicurarsi il suo potere."

Il silenzio riempì la cripta mentre tutti contemplavano le possibili implicazioni.

Il chiarore argenteo della luna filtrava attraverso le nuvole tempestose, illuminando l'antico cortile del castello dimenticato dal tempo. Un cerchio, tracciato con polvere d'argento, brillava sul terreno e al suo interno erano incisi simboli esoterici intricati.

Victor, con la sua tunica nera orlata d'oro, intonava un'antica melodia che riecheggiava nelle pareti di pietra. La Draghessa, avvolta in scaglie lucenti, stava eretta su un trono forgiato d'ossa e metalli preziosi, mentre il Generale Argyle, nella sua uniforme militare, osservava da una distanza sicura. Accanto a lui, Lord Harrington, un uomo di mezza età con capelli grigiastri e un bastone decorato, esprimeva un misto di interesse e apprensione.

"Una volta terminato questo rituale," sussurrò Victor con una voce carica di ambizione, "l'Ecosfera sarà nostra, e con essa, il destino stesso dell'umanità."

La luce emergente dal cerchio diventava sempre più intensa. Il vortice di energia circondava il perimetro, creando un'atmosfera carica e vibrante.

"Dominando la sfera," intonò La Draghessa, avvicinandosi al cerchio, "diventeremo gli esseri più potenti dell'universo. Ogni nostro desiderio diventerà realtà."

Il Generale Argyle lanciò uno sguardo a Lord Harrington. "È un potere troppo grande, troppo pericoloso," mormorò, l'inquietudine visibile nei suoi occhi.

Lord Harrington, stringendo il bastone, rispose con voce grave: "Il potere in sé non è né buono né cattivo, Generale. Tutto dipende da come lo usiamo."

Victor rise, i suoi occhi brillavano di una luce maniacale. "La prudenza è per i deboli," esclamò, "Questa è l'era del dominio!"

Il rituale raggiunse il suo culmine. Una scarica di energia esplose dal cerchio, invadendo ogni angolo del cortile e travolgendo tutti i presenti, lasciandoli storditi al suolo.

Intanto all'osservatorio...

...il tempo era diventato il loro nemico più grande. Alexandra sapeva che la corsa per decifrare il messaggio dell'oggetto era diventata una lotta contro l'ombra.

Ogni frammento di frase decifrato, ogni parola compresa, era una vittoria, ma l'ombra si stava avvicinando sempre di più. Dopo il rituale le oscure potenze pianificarono il secondo attacco.

Eppure, nel cuore di questa tempesta, Alexandra era imperturbabile. La sua visione era chiara, la sua missione sacra. Avrebbe decifrato l' enigma dell'Ecosfera, avrebbe rivelato il suo segreto al mondo. E non avrebbe permesso a nessuna ombra di interrompere il suo cammino verso la verità.

CAPITOLO 4
LA CORSA ALLA VERITÀ

Le alte torri di vetro della città di Seoul rispecchiavano le luci scintillanti della metropoli sottostante. In una di queste torri, al 70° piano, un gruppo selezionato di individui si riuniva nella penombra. Eran noti come l'élite mondiale - detentori di potere, influenzatori di massa, e maestri del gioco politico ed economico.

"La Rook è diventata un problema," esordì Lord Harrington, scrutando il panorama urbano. "Le sue ricerche sull'Ecosfera potrebbero rivelare cose che non vogliamo siano divulgate."

Victor annuì. "Le sue scoperte potrebbero minacciare la nostra posizione, il nostro potere. Abbiamo bisogno di qualcuno che possa fermarla."

Un uomo elegantemente vestito, con occhi incappucciati e un'espressione astuta, si schiarì la voce. "Conosco la persona giusta," disse, sfiorando la superficie di un tablet high-tech. Apparve il profilo di un individuo, noto solo come 'Cipher'. "È l 'hacker più pericoloso del mondo," continuò l'uomo, "Non c'è sistema che non possa infiltrare."

La Draghessa alzò un sopracciglio, intrigata. "E perché dovremmo fidarci di lui? Come possiamo essere sicuri che non si volti contro di noi?"

L'uomo sorrise, mostrando un lieve sorriso sicuro. "Perché lui lavora solo per il miglior offerente. E in questo momento, siamo noi."

Victor si schiarì la voce. "Bene, ingaggiamolo. Ma voglio che sia monitorato. Non voglio sorprese."

Il Generale Argyle, che aveva ascoltato in silenzio, intervenne: "Sapete che la Rook ha protezioni avanzate. La sua squadra è composta dai migliori esperti in sicurezza cibernetica."

Lord Harrington rise sommessamente. "Il motivo per cui stiamo considerando Cipher è perché ha già superato protezioni ben più avanzate. Lui è il nostro asso nella manica."

E con quelle parole, la decisione fu presa. L'élite mondiale aveva mosso la sua pedina, dando inizio a una caccia senza esclusione di colpi contro la Dottoressa Rook. La partita era appena iniziata.

Le prime luci dell'alba filtravano attraverso le finestre del laboratorio, illuminando le pareti sterili con un morbido bagliore rosato. All'interno di quest'antro della conoscenza, i ricercatori, schiena contro schiena, affrontavano la sfida con un mix di esaurimento e determinazione, lavoravano senza sosta, trasformando il caffè in ipotesi, il sonno in teorie, ogni momento di pausa in un'occasione per il dibattito e la discussione.

Gli occhi affaticati nascondevano una scintilla indomabile, un fuoco che non poteva essere spento dalla stanchezza o dal dubbio.

Chiper, dall'altro capo del mondo, si stava preparando.

Nella penombra dell'ufficio dell' osservatorio, l'elegante figura di Nikita, il capo informatico, spuntava dall'oscurità.

La sua postazione era illuminata solo dai monitor, che proiettavano schemi complessi e flussi di codici incessanti. Il respiro accelerato e le dita che danzavano sulla tastiera erano le uniche indicazioni della crescente tensione nell'aria.

"Siamo sotto attacco," sussurrò Nikita, gli occhi fissi sullo schermo, dove una sequenza di codice cambiava continuamente, riflettendo un costante tug-of-war digitale.

Alessia, esperta di cybersicurezza, si avvicinò con fare deciso, osservando la matrice di dati: "È molto più sofisticato di qualsiasi cosa abbia mai visto. Non solo hacking... sembra quasi... un'entità viva."

Nikita annuì, il volto incorniciato da una luce blu fredda: "La velocità, l'adattabilità. Ogni difesa che erigiamo viene violata in secondi. E non solo i sistemi informatici. I nostri telefoni, le telecamere, persino le serrature elettroniche sono compromesse."

Raphael, il capo delle comunicazioni, entrò nella stanza, con un tablet in mano, mostrando interruzioni in ogni rete di comunicazione globale legata al progetto Ecosfera. "Stanno cercando di isolarci. Di farci tacere," dichiarò.

Alessia, la sua mente lucida e analitica, suggerì: "Dobbiamo creare un diversivo. Un falso set di dati, qualcosa che possa attirarli e darci il tempo di trovare la vera origine di questi attacchi."

Nikita, sempre rapido nel pensare, implementò subito l'idea, e iniziò a codificare un falso segnale per la sfera, mentre Raphael lavorava per disseminare informazioni ingannevoli attraverso le reti.

Ma mentre l'energia cresceva nell'ufficio, una sensazione inquietante penetrava in ogni angolo: era davvero possibile che ci fosse un nemico, forse persino una coalizione di poteri, che voleva a tutti i costi controllare o distruggere l'Ecosfera? E come avrebbe potuto il team di Alexandra difendere un tesoro così prezioso quando l'oscurità digitale cercava di avvolgerli da ogni lato?

Ogni secondo che passava era un altro granello di sabbia che scivolava nella clessidra del tempo, un altro momento che li avvicinava al precipizio dell'ignoto.

CAPITOLO 5
LA VISIONE DI ALEXANDRA

Nel cuore della notte, dopo gli attacchi subiti e momentaneamente respinti, all'interno della cupola dell'osservatorio, Mrs Rook trovava conforto nella serenità del suo isolamento. In un ambiente saturo di attività frenetiche, di menti brillanti e ardenti di passione, la donna era un faro di calma, un pilastro di tranquillità che dominava la tempesta.

Da quando aveva posto le mani su quel singolare artefatto la sua esistenza era diventata un vortice incessante di calcoli, analisi e ipotesi. Tuttavia, in quel momento, circondata dal silenzio solo interrotto dal sommesso ronzio delle macchine, aveva l'opportunità di allontanarsi dal caos. La familiarità dell'ambiente, con i freddi pannelli metallici delle consolle, i tasti che portavano le tracce di innumerevoli battiti di dita, le luci soffuse che dipingevano il suo volto con un bagliore etereo, tutto contribuiva a creare un'oasi di pace in cui la mente di Alexandra poteva vagare senza vincoli.

Il tumulto di attività, i volti tesi dei suoi colleghi, le voci ininterrotte che si mescolavano in un rumore bianco, tutto era svanito, sostituito da una quiete densa di aspettative. Mentre era immersa in questo mare di tranquillità, Alexandra sentiva la sua mente liberarsi, liberarsi per fluire con la corrente dei suoi pensieri. I dati raccolti , intricati, oscuri, sfuggenti, erano diventati la sua ossessione. Come un cacciatore di enigmi, si era immersa in un oceano di numeri e codici, cercando quel filo dorato di verità che ancora sfuggiva alla sua presa, sentiva l'enigma della sfera come un monolite inespugnabile che ancora attendeva di essere scalato.

Guardando le stelle digitalizzate che illuminavano gli schermi attorno a lei, i suoi occhi si posarono sulla sfera, quell'enigmatico oggetto che si rivelava come il piú grande mistero dell'universo. Ma mentre la dottoressa fissava l'immagine dell'Ecosfera, sentiva una connessione, come una eco nella mente, un legame che le sussurrava di continuare a cercare, di non desistere, di andare oltre.

La sfera stava per mostrare ad Alexandra qualcosa di straordinario.

Le dita danzarono sui tasti, portando alla luce righe su righe di codici, dati, calcoli. Ogni insieme di numeri era una possibilità, ogni sequenza di codici un indizio, ogni equazione un passo verso l'ignoto. Mentre le sue mani danzavano, la donna sentiva un'immagine formarsi nella sua testa, un'immagine che lentamente si stava affinando, stava diventando piú chiara e definita, e poi, come un lampo di luce in una notte tempestosa, la vide, una visione.

Alexandra, come caduta in trance, fu travolta da una serie di immagini vivide e pulsanti. Viste panoramiche di mondi sconosciuti si dispiegavano davanti a lei, città fatte di cristallo che si estendevano fino alle nuvole, foreste lussureggianti dove gli alberi brillavano di luci colorate, oceani in cui le onde erano fatte di luce liquida, e creature di forme e dimensioni inimmaginabili che comunicavano attraverso melodie e colori.

Mentre le immagini si susseguivano, la donna percepì una connessione profonda con queste civiltà, come se la sfera le stesse fornendo un linguaggio universale, permettendole di comprendere la storia, la cultura, e le aspirazioni di questi esseri. La complessità e la diversità di questi mondi erano travolgenti, ma c'era una costante: ogni civiltà aveva affrontato sfide, combattuto per la sopravvivenza e cercato di superare le proprie divisioni interne.

E poi, in un attimo di chiarezza, Alexandra si trovò di fronte a una sala riunioni, simile a quelle delle grandi case di Poirot, ma con una luminosità eterea. Attorno a un tavolo ovale, creature di diversi mondi stavano discutendo, e lei poté percepire le loro emozioni, le preoccupazioni e le speranze. Era come se fosse stata invitata in una riunione segreta, dove le decisioni prese avrebbero influenzato il destino di intere galassie.

Mentre l'astrofisica esplorava i confini della sua connessione con l'universo, un suono delicato e lontano catturò la sua attenzione. Era una melodia, tanto soave quanto potente, che sembrava provenire dall'oltre.

Con ogni nota, la melodia la trascinava più profondamente in un mondo di suoni e sensazioni sconosciuti.

La fonte della musica, scoprì, era un antico strumento, simile a un arpa ma con corde fatte di luce pura. Le mani che suonavano lo strumento erano sottili e trasparenti, quasi fatate.

Affascinata, si avvicinò all'arpa luminosa e, senza pensarci, allungò una mano per toccarla. Quando le sue dita sfiorarono le corde, una scarica di energia la attraversò, fondendo la sua mente con le memorie e le conoscenze dell'universo.

In quell'istante, Alexandra comprese che quella melodia era la lingua universale, il linguaggio che unisce tutti gli esseri viventi. Era un codice, una chiave, per accedere a verità tanto antiche quanto l'universo stesso.

La sensazione fu interrotta bruscamente quando una mano la scosse dolcemente. Tornata alla realtà del laboratorio, trovò il suo team radunato intorno a lei, preoccupati. Ma nel profondo dei suoi occhi brillava una luce nuova: la consapevolezza di non essere soli nell'universo e la determinazione di fare la scelta giusta per l'umanità e per tutte le civiltà che aveva appena incontrato.

Mrs Rook, ancora senza fiato, non raccontó nulla al suo team di quello che vide, pensando di passare per pazza.

Con la visione, Alexandra sentì il peso di una responsabilità immensa, ma lei era pronta, pronta a portare avanti questa missione, voleva tradurre il messaggio che risuonava nell’eco, svelare la verità celata , voleva guidare l'umanità verso un destino ancora ignoto.

CAPITOLO 6
LA CHIAVE

Nella vastità del silenzio dell'osservatorio, la direttrice, circondata da un mare di luccicanti luci blu degli schermi e il freddo metallo delle consolle, si perdeva nel vortice dei suoi pensieri rumorosi. Aveva trascorso notti insonni, dopo la visione tutto cambiò per lei, immersa in quei simboli alieni, intrecciando e districando le matasse di mistero, bevendo il nettare dell'ignoto e ora stava per afferrare la frutta tanto agognata della sua instancabile fame di ricerca.

L'oggetto digitale, catturato negli schermi di fronte a lei, sembrava emanare un sussurro appena percettibile, un richiamo che riecheggiava nel profondo del suo essere, una chiamata che non poteva ignorare.

Mani tremanti si mossero con precisione chirurgica, scandagliando gli intricati dati raccolti.

Ogni linea di codice, ogni cifra numerica rappresentava un pezzo del puzzle, una tessera che si inseriva nel complesso mosaico della verità. Come un cacciatore paziente, sfruttava ogni filamento della sua intuizione per districare il groviglio di informazioni, alla ricerca di quella chiave che avrebbe svelato il segreto ben custodito dell'Ecosfera.

E proprio quando le palpebre erano sul punto di cedere alla fatica, l'ossessione si trasformò in euforia. La chiave.

Le luci all'interno del laboratorio erano soffuse. Sul tavolo di lavoro, il simbolo chiave proiettava un bagliore argentato. Era composto da una serie di intricati disegni e pattern geometrici, che insieme formavano una figura quasi ipnotica.

La dottoressa Rook lo aveva studiato per ore, sentendo una crescente connessione con il simbolo, come se le parlasse attraverso il linguaggio della geometria. Con delicatezza, posizionò il simbolo sotto un particolare microscopio che aveva costruito per analizzare e decodificare pattern di questo tipo. Allo zoom massimo, iniziò a distinguere tracce di segni ancora più piccoli, nascosti all'occhio umano.

Cominciò a schizzare ciò che vedeva, e lentamente sulla carta prese forma una serie di coordinate stellari. Erano posizioni precise nel tessuto dello spazio, che indicavano un luogo ben definito nel vasto universo. Ogni serie di numeri e lettere sembrava raccontare una storia, una direzione, una destinazione.

Il respiro di Alexandra divenne più veloce quando capì cosa stava vedendo. "È una mappa...", sussurrò tra sé, quasi incredula. Non una semplice mappa, ma le coordinate di un pianeta lontano, nascosto nelle profondità del cosmo, che forse deteneva le risposte che cercavano.

Le mani le tremavano leggermente mentre inseriva le coordinate nel computer. Un sofisticato programma astronomico iniziò immediatamente a calcolare la rotta, proiettando su uno schermo un'immagine tridimensionale dello spazio stellare. Una linea luminosa tracciò un percorso attraverso le stelle, conducenti a un pianeta blu-verde circondato da una luminosa aureola.

Quella mappa celestiale e la scoperta del nuovo pianeta rappresentavano la prova di quello che aveva visto. La visione era reale, non era impazzita.

Il cuore le batteva furiosamente nel petto mentre il significato del messaggio si dispiegava di fronte ai suoi occhi increduli. Un invito ad un viaggio interstellare, una mappa stellare che indicava la strada verso una nuova casa, un messaggio di speranza da una razza al bordo dell'estinzione.

Una fiducia che trasformava un semplice grido di aiuto in un gesto di stima incommensurabile.

Rimase lì, immobile, mentre il silenzio dell'osservatorio si riempiva di euforia per la scoperta.

Per la prima volta, dopo tanto tempo, la dottoressa e tutto il team finalmente ebbero qualcosa per cui festeggiare.

Dopo aver trascorso un fine serata di soddisfatta allegria e attimi di gioia collettiva si ritirarono tutti per passare la notte cullati dal sonno.

CAPITOLO 7
IL PESO DELLA SCELTA

All'interno della sua camera, in una silenziosa ala del laboratorio, Alexandra si rifugiò nella penombra, osservando la mappa celestiale che aveva decifrato. La luce argentata del simbolo chiave rifletteva sulle pareti, creando ombre danzanti che sembravano prendere vita, mostrandole scenari possibili.

Con il peso della scoperta sulle spalle, si rese conto che era di fronte a un bivio cruciale. La divulgazione di una tale scoperta avrebbe potuto avere ripercussioni immense: potenza, ambizione, speranza, e forse persino paura avrebbero potuto scaturire dall'umanità nel saperlo.

Potrebbe unire le persone, pensò, immaginando una Terra dove tutte le nazioni lavoravano insieme per esplorare questo nuovo mondo. Vide scienziati di diverse culture, collaborando senza barriere, mettendo da parte le differenze per una causa comune.

Ma poi, un altro scenario si materializzò. Visioni di corporazioni e governi affamati di potere, che lottavano per il controllo della nuova conoscenza. Terre devastate da conflitti, mentre le élite cercavano di dominare il mistero dell'Ecosfera.

E se il pianeta avesse risorse? Sarebbe diventato un altro motivo di contesa, una nuova corsa all'oro tra le potenze mondiali? Oppure, peggio ancora, se avesse ospitato vita intelligente, l'umanità avrebbe agito come conquistadora o ambasciatrice di pace?

Il cuore di Alexandra si contorse al pensiero di cosa avrebbe potuto sbagliare, ma anche di ciò che avrebbe potuto andare incredibilmente bene.

Infine, un terzo pensiero si delineò davanti a lei. Una Terra trasformata dalla nuova conoscenza. Un mondo dove le persone, toccate dalla magnificenza dell'universo, cercavano un nuovo inizio, superando i confini e le divisioni. Un'umanità che, consapevole della sua piccolezza di fronte all'immensità cosmica, si riuniva sotto un'unica bandiera di curiosità e speranza.

La dottoressa guardò il cielo e nella beatitudine della vista si avvolse nei suoi pensieri.

Quell'osservatorio, freddo e impersonale, era il teatro di una scena che avrebbe potuto segnare il corso della storia. Le luci bluastre degli schermi, riflesse sulle superfici di metallo, dipingevano un quadro che evocava la grandiosità dello spazio esterno e la solitudine interiore. La donna al centro di tutto ciò, una figura indomita e risoluta, aveva davanti a sé il compito più arduo: prendere una decisione che avrebbe potuto influenzare non solo il suo destino ma quello di intere civiltà.

La chiave era lì, un messaggio cifrato proveniente da lidi inimmaginabili.

Un invito, un messaggio di speranza per la razza umana e forse anche per quella di un altro mondo. L'euforia della scoperta aveva lasciato spazio ad una silenziosa riflessione: cosa fare con quest'informazione? Come usare questa chiave per aprire un portale verso un futuro ancora avvolto nel mistero?

La mente della direttrice era un turbinio di immagini .

Ogni scelta sembrava portare con sé un'infinita serie di conseguenze, un complicato intreccio di percorsi possibili che si dipanavano davanti a lei come una tela di possibilità. Doveva pesare ogni opzione, soppesare ogni probabilità, calcolare ogni rischio. Il futuro, incerto e pieno di promesse, pendeva in bilico sul filo delle sue decisioni.

Per lunghe ore si aggirò per l'osservatorio, i passi risuonanti nel silenzio interrotto solo dallo sfarfallio degli schermi e il sussurro dei server.

Ogni dettaglio dell'ambiente sembrava magnificare il peso della scelta che stava per prendere. Le ombre lunghe proiettate dalle consolle, le luci intermittenti degli schermi, i suoni dei computer che lavoravano senza sosta - tutto contribuiva a creare un'atmosfera di sospesa attesa.

Poi, in un attimo di silenziosa epifania, la decisione prese forma.

Doveva condividere la scoperta con il mondo intero. La chiave, quell'invito da una civiltà distante, non era solo un regalo per lei o per l'osservatorio - era un dono per l'intera umanità. Un dono che avrebbe potuto cambiare tutto.

Non fu una decisione presa alla leggera, né un passo compiuto senza pensare alle possibili ripercussioni. Ma era una scelta necessaria, un passo verso un futuro sconosciuto che, nonostante le incertezze, prometteva di essere pieno di possibilità. Con la risoluzione stampata sul viso e il futuro nelle sue mani, la direttrice si preparava a portare alla luce il messaggio.

La strada che si dipanava davanti a lei era incerta, piena di insidie e incognite. Ma sapeva che doveva percorrerla, non solo per sé ma per tutte le vite che sarebbero state influenzate dalla sua scelta.

Con un respiro profondo, si lasciò andare a un breve ma meritato sonno.

CAPITOLO 8
LA BATTAGLIA PER L'ECOSFERA

Al calar dell'alba, mentre i primi raggi di sole penetravano attraverso le grandi vetrate del laboratorio, la direttrice Alexandra si alzò dalla sua scrivania. I suoi occhi erano gonfi per la mancanza di sonno, ma il fuoco della determinazione li illuminava. La mappa celestiale, chiara e precisa, giaceva davanti a lei, con il pianeta recentemente scoperto che brillava come un gioiello nel tessuto dell'universo.

Al suo fianco, un team di tecnici e comunicatori preparava un collegamento satellitare per raggiungere ogni angolo del globo. Tutte le principali emittenti televisive e radiofoniche erano pronte, ogni social media era in attesa. Il mondo si era fermato, in attesa di ascoltare la grande rivelazione.

Con un respiro profondo, Alexandra salì al podio, le luci la inondarono e le telecamere si focalizzarono su di lei. "Buongiorno a tutti," iniziò, la sua voce ferma e sicura. "Oggi, noi dell'Istituto di Ricerca Astronomica siamo qui per condividere una scoperta che cambierà il corso della nostra storia."

Mentre parlava, immagini del nuovo pianeta, delle sue caratteristiche e della mappa celestiale vennero proiettate dietro di lei. Spiegò in termini semplici ma affascinanti l'importanza di ciò che avevano trovato, l'enormità dell'universo e il nostro piccolo posto in esso.

Ma poi, Alexandra cambiò tono. "Ma non è solo una scoperta scientifica," disse, i suoi occhi scrutando la telecamera, raggiungendo miliardi di spettatori. "È un monito e un invito. Un monito a ricordarci che non siamo soli, che l'universo è vasto e misterioso. E un invito ad avanzare insieme come specie, a mettere da parte le nostre differenze e a cercare le stelle."

Il suo discorso toccò le corde profonde dell'umanità. I telegiornali erano pieni di storie di persone che piangevano, si abbracciavano o semplicemente guardavano il cielo con una nuova comprensione.

Mentre il sole sorgeva più in alto, illuminando una nuova giornata, sembrava anche segnare l'inizio di una nuova era per l'umanità, un'era di scoperta, comprensione e, si sperava, unità.

Nel frattempo una crisi imminente si stava per scagliare sulla direttrice, una silenziosa minaccia che poteva spezzare la fragile pace all'interno dell'osservatorio.

La decisione di divulgare la scoperta, benche' necessaria, aveva risvegliato forze ambiziose e spietate. La corsa all'Ecosfera era iniziata, e l'osservatorio era diventato il cuore di un conflitto imprevisto.

Da un lato, il governo mondiale, rappresentato da funzionari freddi e implacabili, pretendeva il controllo esclusivo della sfera e delle sue rivelazioni. Il loro interesse era motivato più da fini politici che scientifici, il desiderio di manipolare l'informazione per aumentare il loro potere.

Dall'altro, un conglomerato di corporazioni private, mossi dalla brama di profitto, erano disposti a fare qualsiasi cosa per ottenere il controllo della situazione. Vedevano in essa un'opportunità senza precedenti per avanzare la propria agenda e arricchirsi oltre ogni immaginazione.

Al centro, la direttrice, si trovava in una posizione scomoda, obbligata a navigare tra le acque tempestose di politica, avidità e scienza, tutto mentre cercava di mantenere l'integrità del loro lavoro e l'importanza del messaggio scoperto.

In questo sipario i poteri forti si fecero avanti inaspettatamente.

In un'ala appartata dell'osservatorio, Mrs Rook ed Elara si trovavano di fronte a una schermata di comunicazione criptata. I volti dei rappresentanti del governo mondiale erano proiettati di fronte a lei, espressioni rigide in attesa di quello che aveva da dire.

"Signori," cominciò la dottoressa ,"Capisco le vostre preoccupazioni e riconosco l'importanza della nostra scoperta." Le sue parole erano calme ma portavano un tono di fermezza inaspettato. Continuò, "L'Ecosfera e la conoscenza che contiene, possono cambiare il nostro mondo."

Ci fu un sussurro di assenso tra i volti sullo schermo, ma Alexandra non si fermò. "Tuttavia non possiamo permettere che la paura o l'avidità guidino le nostre azioni. Questa non è una questione di potere o profitto. È una questione di preservare un dono prezioso offerto da una civiltà perduta."

Un funzionario anziano, con capelli grigi e occhi severi, interruppe bruscamente: "Dott.ssa Rook, non stiamo cercando di sfruttare la situazione. Stiamo cercando di proteggere il nostro popolo. Questa sfera potrebbe essere una minaccia..."

"Minaccia?" Alexandra alzò un sopracciglio. "Avete visto la mappa, signore? È una connessione con un'altra civiltà! Abbiamo scoperto un nuovo pianeta!"

"Ciò non significa che non possa essere usato per scopi distruttivi," insistette il funzionario.

"È vero," rispose Alexandra, "ma la stessa cosa può essere detta per quasi qualsiasi scoperta scientifica. Non possiamo vivere nella paura di ciò che potrebbe accadere. Dobbiamo impegnarci per usare la conoscenza che abbiamo acquisito per migliorare il nostro mondo, non per distruggerlo."

Ci fu un silenzio, come se i rappresentanti stessero considerando le sue parole. "La vostra causa è nobile, Dott.ssa Rook," disse infine una donna con un sorriso comprensivo. "Ma sappiamo anche che ci sono forze là fuori che non condividono la vostra visione. Come possiamo proteggerla da loro?"

"Dobbiamo unire le nostre forze," rispose Alexandra.

I rappresentanti sembravano riflettere sulle sue parole, i loro volti un mosaico di emozioni contrastanti.

Era evidente che la battaglia per il controllo della sfera era appena iniziata.

Alexandra sapeva che avrebbe dovuto continuare a lottare per proteggere il dono che avevano ricevuto. Non solo per sé stessa, ma per l'intera umanità.

La battaglia non era fisica, ma una lotta di volontà, di ideali e di principi. La direttrice sapeva che non poteva permettersi di perdere. Non solo per sé stessa, ma per l'importanza di quel dono offerto da una civiltà a noi lontana e per il futuro dell'umanità.

Quindi, si ritirò nel suo ufficio, un santuario silenzioso nel cuore dell'osservatorio, e pianificò la sua strategia. Doveva saper giocare le sue carte con astuzia, equilibrando la diplomazia con la determinazione, la flessibilità con la fermezza.

Doveva trovare alleati, costruire coalizioni, sostenere le sue decisioni con logica e dati.

Ogni giorno era una nuova sfida, una nuova battaglia da affrontare.

Così l'osservatorio divenne un campo di battaglia silenzioso, un luogo dove si confrontavano non solo persone, ma idee e valori.

Ma un messaggio in lingua extraterrestre doveva ancora essere decifrato.

La mappa era un solo passo in verso la verità.

CAPITOLO 9
IL MESSAGGIO

In un crogiolo di scoperta e tensione, l'osservatorio era un groviglio di menti ferventi. Ogni superficie di lavoro era un fiume di cifre numeriche e disegni astratti, testimonianza dell'incessante lavoro di decodifica. Nel mezzo del tumulto, la direttrice, alta e possente, il suo viso una maschera di indomita determinazione, guidava il complesso balletto della scienza.

Dopo il progresso della lettura della mappa stellare rimaneva solo il messaggio in lingua aliena da essere tradotto.

Trascorsero giorni.

Giorni divennero settimane.

La squadra oscillava tra euforia e sfiancamento, ma l'indomabile direttrice rimaneva imperterrita, un faro nel mare tempestoso della ricerca. Lavorava senza sosta, la sua risolutezza una costante ispirazione per il suo team.

Infine, un grido di trionfo risuonò nell'aria.

Il messaggio era stato decifrato. I simboli, così alieni e complessi, erano stati tradotti in un linguaggio umano.

Il cuore della direttrice martellava mentre si avvicinava allo schermo. Le parole tradotte le balzavano incontro, una tessitura di speranza e di un'estensione della mano verso la comprensione reciproca. Il messaggio trasmetteva una sensazione di premura, un invito a collaborare e un avvertimento contro l'isolamento.

All'interno dell'osservatorio silenzioso, la direttrice guardò lo schermo davanti a lei, leggendo il messaggio che era stato decifrato.

Era scritto in una lingua sconosciuta, ma ora, grazie all algoritmo del super computer , poteva comprenderne il significato. Sembrava quasi che fosse stato scritto in prima persona, come se l'entità, o forse la civiltà, che aveva inviato l'Ecosfera stesse parlando direttamente a lei. L'emozione che provò nel leggerlo fu quasi travolgente, come se stesse ascoltando la voce di un amico lontano.

Il messaggio diceva:

"Siamo gli ultimi. L'ultimo baluardo di una razza che una volta splendeva brillante come le stelle del nostro cielo. Ciò che rimane di noi risiede ora in questa sfera, in questo messaggio, che mandiamo nel buio dell'universo con la speranza che possa essere trovato.

Non sappiamo chi sei, o da dove vieni, ma sappiamo che sei là fuori. Abbiamo visto la tua luce, abbiamo sentito il tuo richiamo, abbiamo riconosciuto in te il desiderio di conoscere, di esplorare, di connetterti. Per questo ti inviamo questo messaggio, perché condividiamo quello stesso desiderio.

Ti inviamo questo messaggio non come un grido di aiuto, ma come un dono. Il dono della conoscenza, il dono della connessione, il dono della speranza. Sappiamo che la nostra fine è vicina, ma speriamo che il nostro spirito possa vivere in te, nel tuo popolo, in qualsiasi forma esso possa assumere.

Ti inviamo la mappa per raggiungere noi, o quello che rimane di noi. Non perché abbiamo bisogno di te per salvarci, ma perché vogliamo che conosci la nostra storia, che conosci la bellezza e la tragica fine della nostra civiltà. Vogliamo che tu porti avanti il nostro spirito, che tu porti avanti la luce della conoscenza e della connessione.

Chiunque tu sia, ovunque tu sia, sappi che non sei solo nell'universo. Siamo stati qui prima di te, e speriamo che ci siano molti altri dopo di noi. Speriamo che tu possa prendere questo dono e usarlo per illuminare il tuo cammino, per connetterti con altri, per esplorare l'universo che tutti condividiamo.

Noi siamo gli ultimi. Ma forse, con questo messaggio, con questa chiave, possiamo essere anche il principio di qualcosa di nuovo. Qualcosa di grande. Qualcosa di bello."

La direttrice rimase in silenzio per un attimo, digerendo il significato delle parole. Era un messaggio di speranza, di connessione, di persistenza. Era un messaggio che cambierebbe tutto.

Mentre il significato delle parole penetrava nel suo intelletto, la direttrice si sentì sopraffatta da un'ondata di emozioni. Trionfo, meraviglia e un senso di responsabilità quasi insostenibile. Si voltò verso il suo team, le pupille incandescenti sotto la luce fredda dei monitor.

"La conoscenza è il dono più grande che possiamo ricevere," cominciò, la sua voce echeggiò nel silenzio dell'osservatorio. "Oggi, abbiamo ricevuto un dono che supera qualsiasi nostra comprensione. È un messaggio di speranza, di connessione. Ora, è nostro compito condividere questo dono con il mondo."

Ma non si fermò qui.

Con la chiave di decodifica nelle mani, si avviarono a rispondere all'Ecosfera.

Contro ogni aspettativa, riuscirono a inviare un messaggio.

La risposta all'Ecosfera fu semplice ma potente, un'affermazione dell'umanità nel linguaggio universale della pace. Mentre il messaggio veniva trasmesso, la direttrice sentì un senso di trionfo mescolato a sollievo.

Una connessione con la sfera era stata appena creata.

Ora, la palla era nell'altro campo. Non si poteva prevedere quale sarebbe stata la reazione dei leader mondiali, ma una cosa era certa: l'Ecosfera non era più un segreto, e la sua voce era stata ascoltata. La direttrice sapeva che, indipendentemente dalle sfide future, l'umanità era più vicina a comprendere il vero significato di questo dono dalle stelle.

CAPITOLO 10
IL GIUDIZIO RISCRITTO

L'atrio del centro di ricerca era gremito come mai prima d'ora. Oltre ai membri del team di Alexandra, c'erano giornalisti di fama mondiale, rappresentanti governativi e membri delle più grandi organizzazioni scientifiche. Il grande schermo montato sul palco mostrava una serie di simboli intricati e complessi: il messaggio alieno.

Con un vestito elegante ma sobrio, la dottoressa Alexandra salì sul palco, accolta da un silenzio riverente.

Con un cenno, fece partire la proiezione.

"Questo è il messaggio che l'Ecosfera ci ha inviato," iniziò Alexandra. "Non è solo un insieme di simboli, ma una storia: la storia di un'intera civiltà, dei loro trionfi, delle loro tragedie e della loro ricerca incessante di conoscenza. Essi, come noi, hanno cercato di comprendere l'universo e il loro posto in esso."

Mentre le immagini scorrevano, Alexandra continuò a spiegare le varie fasi della storia aliena, le loro scoperte scientifiche e le sfide che avevano dovuto affrontare. "Ma il messaggio centrale," continuò, "è uno di speranza e di

unità. Essi ci esortano a mettere da parte le nostre differenze e a lavorare insieme per un futuro migliore.
A vedere oltre le nostre piccole liti e a riconoscere la bellezza e la complessità dell'universo che ci circonda."

Una volta terminato il messaggio, Alexandra prese un respiro profondo e guardò l'audience.

"In risposta a questo messaggio, abbiamo inviato il nostro. Una rappresentazione della Terra, delle sue meraviglie naturali, delle sue città e delle sue persone. Abbiamo trasmesso immagini di gioia, di sofferenza, di amore e di speranza.
Abbiamo voluto raccontare loro chi siamo, nella nostra complessità e bellezza."

Un'onda di applausi riempì la sala, ma Alexandra alzò una mano per chiedere silenzio. "Non sappiamo come reagiranno o se risponderanno. Ma quello che abbiamo fatto oggi, la nostra scelta di comunicare e di aprire un dialogo, potrebbe segnare l'inizio di una nuova era per l'umanità."

Nell'aria si avvertiva un misto di eccitazione e timore. La possibilità di comunicare con una civiltà extraterrestre era qualcosa di inimmaginabile, e ora, grazie alla dottoressa Alexandra e al suo team, era diventata realtà.

All'orizzonte, l'oscurità della notte stava lasciando spazio alla luce dell'alba. Era un momento di transizione, un cambio di guardia tra la tranquillità della notte e la frenesia del giorno. Alexandra, dal tetto dell'osservatorio, fissava l'orizzonte. In lontananza, l'Ecosfera brillava di un luccichio freddo e innaturale.

Le ripercussioni delle azioni del team erano state immediate e schiaccianti. Il mondo intero era stato sconvolto dal messaggio di pace inviato dalla sfera. Le reazioni erano state una miscela di meraviglia, timore, rabbia e speranza. Mrs Rook sentiva pesare su di sé l'onere di tutto ciò che era accaduto.

Nelle profondità dell'osservatorio, il suo team era impegnato in un'infinita serie di calcoli, misurazioni e decodifiche, alla ricerca di un eventuale nuovo messaggio.

Ogni tanto, uno di loro alzava lo sguardo, cogliendo un'ombra di preoccupazione sul volto della direttrice. Non erano abituati a vederla così, piena di dubbi e incertezze, ma stava lottando con un problema molto più grande della scienza - stava lottando con le sue stesse convinzioni.

Per tutto il tempo, i leader mondiali avevano cercato di controllare la situazione ma, con il messaggio inviato , Alexandra aveva strappato loro il comando. Si era espressa a favore dell'umanità, non per il potere, aveva scelto la collaborazione al posto dell'aggressione, l'amore al posto della paura e adesso, le conseguenze di quelle scelte stavano precipitando su di lei come una valanga.

Non era una lotta facile, ma la dottoressa non aveva paura. Aveva la forza di carattere e la determinazione per andare avanti.

Sapeva che aveva fatto la scelta giusta e che, nonostante le sfide che avrebbe dovuto affrontare, era pronta a difenderla.

Nel cuore della notte, Mrs Rook rimase in piedi, la sua figura esile stagliata contro l'oggetto luccicante. Rifletté sulle sfide che l'attendevano, ma non provava paura.

Mentre l'alba dipingeva il cielo di colori caldi, la donna fece un respiro profondo. Aveva scelto di cambiare il corso della storia, e adesso, la storia sarebbe cambiata per sempre.

Alexandra aveva deciso di riscrivere il giudizio, e così sarebbe stato.

Il mondo, come lo conosceva, non sarebbe mai stato lo stesso.

Intanto nell' ombra le ombre si muovevano invisibilmente, l'annuncio della dottoressa non passò inosservato.

In una sala sotterranea, lontano dalla vista del mondo esterno, sedevano i leader delle principali potenze mondiali attorno a un grande tavolo ovale in legno scuro. I muri, ricoperti di pannelli di quercia, creavano un'atmosfera opprimente. Su uno schermo, le parole della dottoressa Alexandra, la sua rivelazione del messaggio e la risposta inviata erano in loop.

Il Presidente degli Stati Uniti si alzò, rompendo il gelido silenzio. "Questa donna ha agito senza consultare alcuno di noi. Ora ci troviamo a gestire un'eventuale reazione di una forza sconosciuta. E se interpretano la nostra risposta come un gesto ostile?"

Il Primo Ministro britannico aggiunse con severità, "Non solo ha interpretato un messaggio alieno senza la supervisione di esperti di sicurezza, ma ha anche inviato una risposta. Ha messo a rischio tutti noi."

Un generale russo si alzò, piazzando le sue mani massicce sul tavolo. "Dobbiamo dimostrare che non siamo vulnerabili. Questa... Ecosfera... deve essere neutralizzata."

"Stai suggerendo un attacco diretto?" chiese il rappresentante cinese, alzando un sopracciglio.

"Sì. Con i missili. Dobbiamo dimostrare la nostra forza," rispose il generale.

L'ambiente era teso. Alcuni leader erano chiaramente preoccupati, mentre altri vedevano l'opportunità di dimostrare la potenza del loro paese. La proposta dell'attacco con missili era audace, ma non fu immediatamente respinta.

"I rischi sono enormi," intervenne il cancelliere tedesco. "E se ciò scatenasse una reazione ancora più aggressiva? Non conosciamo le capacità di questa sfera."

"D'altra parte," iniziò il Primo Ministro giapponese, "non possiamo permettere che una singola dottoressa e il suo team decidano il destino della Terra. Dobbiamo prendere il controllo della situazione."

Dopo ore di discussione accesa, i leader mondiali decisero. Avrebbero lanciato un attacco coordinato contro l artefatto sferico, sperando di neutralizzarla. La risposta della dottoressa Alexandra avrebbe potuto condannare il mondo a una distruzione certa, o almeno era quello che essi temevano.

Mentre uscivano dalla stanza, ognuno sapeva che le prossime mosse sarebbero state cruciali. L'umanità stava camminando su un filo sottile, e ogni decisione avrebbe avuto conseguenze impensabili.

Mentre l'alba si schiudeva sul mondo, i leader mondiali diedero l’ordine di lanciare una serie di missili contro il bersaglio.

Dall'alto dell'osservatorio, la dottoressa osservava il cielo che lentamente si tingeva di rosso, saettanti linee argentate, missili in lancio, solcavano il cielo in direzione dell'Ecosfera, tuttavia, quella visione era distorta da una barriera, quasi come una membrana, che circondava l’oggetto sferico , riflettendo ogni proiettile e raggio diretto verso di essa.Nel cuore dell'osservatorio, il suo team correva avanti e indietro, con occhi incollati ai monitor e mani freneticamente digitanti, era evidente che la sfera stava rispondendo, non solo proteggendosi ma anche comunicando. Flussi di dati e sequenze criptate affluivano dai computer.

Alexandra, raccolta in se stessa, riusciva a percepire le pulsazioni di essa, quasi come se stesse cercando di parlare direttamente con lei.

Si avvicinò al pannello centrale, dove un flusso di caratteri sconosciuti scorreva rapidamente.

Una voce proveniva da uno degli angoli del laboratorio.

Era Damien, il brillante criptologo del team. "Sta parlando con noi, Mrs Rook. Vuole che comprendiamo la sua natura, il suo messaggio." Egli mostrava un diagramma, che sembrava rappresentare una serie di onde armoniche.

La sfera era avvolta dal fumo delle esplosioni. Per un attimo calò il silenzio, il fumo si diradó su una parte dell' oggetto. Era intonso, uno scudo di energia impediva ai missili di danneggiarlo. I silenzio fu interrotto da una nuova raffica di bombe.

Mentre i missili continuavano a esplodere contro la barriera protettiva, una sorta di melodia riecheggiava

nell'aria. La frequenza delle note formava un messaggio, un'armonia che risonava profondamente in Alexandra. Una melodia di pace, di speranza, ma anche di avvertimento.

"Non possiamo combattere contro di essa," sussurrò la dottoressa , "Dobbiamo collaborare, comprendere."

All'esterno, la popolazione mondiale, spaventata e confusa, cercava risposte. Il panico dilagava. Ma nel cuore dell'osservatorio, la donna e il suo team lavoravano incessantemente, determinati a decodificare il messaggio e a trovare un modo per fermare l'imminente apocalisse.

“Questo è il momento della verità, questa entità vuole comunicare con noi. Ma dobbiamo mettere da parte le nostre differenze e unirci come specie."

Con le risorse del laboratorio a loro disposizione e la determinazione di evitare una catastrofe, il team si mise all'opera. Sapevano che il destino dell'umanità dipendeva dalla loro capacità di decodificare il nuovo messaggio e di rispondere in modo appropriato, così mentre il mondo osservava con il fiato sospeso, il team cercava di riscrivere il giudizio dell'umanità.

CAPITOLO 11
IL SILENZIO DELL'ECOSFERA

Il mondo esterno era immerso in un silenzio spaventoso. Dopo l'intensa ondata di azione, l'atmosfera era tesa come una corda pronta a spezzarsi.

L'osservatorio, solitamente animato dai sussurri dei computer e dalle voci dei ricercatori, era avvolto in un silenzio surreale. Mrs Rook, ancora di fronte al pannello centrale, guardava i dati che scorrevano, sperando in un segnale, in un cambiamento. Ma niente. Il flusso sembrava essere fermo.

Dopo ore che sembravano giorni, il team era esausto. I loro volti pallidi riflettevano la tensione e la preoccupazione. Ognuno di loro sperava in una risposta dell'Ecosfera, ma la sua mancanza di comunicazione era angosciante. Avevano fallito? Era questa la fine?

Ma mentre la dottoressa era sommersa da questi pensieri, una leggera vibrazione cominciò a farsi sentire sotto i suoi piedi. Il pavimento dell'osservatorio tremava delicatamente, e tutti alzarono lo sguardo, cercando una spiegazione. Le luci del laboratorio tremolarono e si attenuarono per un momento, prima di brillare di un'intensità mai vista prima.

Una serie di simboli cominciò ad apparire sullo schermo principale, formando lentamente un'immagine. Era la sfera, circondata da una miriade di piccole luci, che sembravano danzare attorno ad essa. E poi, il silenzio fu spezzato da una voce profonda e risonante, che sembrava provenire da ogni angolo della stanza.

"Hai cercato di comprendere," disse la voce. "Hai cercato di comunicare. Ma il destino di una specie non si decide in un singolo momento. Il vostro viaggio è appena iniziato."

L'astrofisica, con il respiro sospeso, cercò di assimilare le parole. La voce continuò: "Il vostro mondo è a un bivio. La scelta che farete ora determinerà il percorso del vostro futuro."

D'un tratto, la stanza fu avvolta da un caldo bagliore. Sui pannelli attorno, apparvero immagini di foreste lussureggianti, oceani incontaminati, e cieli limpidi. Poi, in netto contrasto, si videro immagini di distruzione, inquinamento, e sofferenza.

"Questa è la vostra Terra," disse la voce proveniente dalla sfera. "Le sue bellezze e le sue ferite. La decisione spetta a voi."

Con queste ultime parole, le immagini svanirono, e l'osservatorio ritornò alla sua normale luminosità. Il team, ancora sotto shock per la rivelazione, si riunì attorno ad Alexandra, non sapevano che qualcosa di eccezionale stava per accadere.

CAPITOLO 12
LA SFERA SI RIVELA

La notte era oscura e silente, e le stelle splendevano con un'intensità particolare, come se fossero testimoni di un evento imminente.

All'improvviso, un bagliore avvolse l'oscurità, tanto da far chiudere gli occhi a chiunque fosse fuori a osservare il cielo. Dall'alto, una pioggia di frammenti luminosi si riversò sulla Terra, trasformando il firmamento in una danza scintillante di luce e colore.

I frammenti, pur essendo piccoli, erano carichi di un'energia intensa e vibrante. Mentre si avvicinavano alla superficie terrestre, lasciavano dietro di sé scie luminose, simili a quelle delle stelle cadenti, ma con un bagliore più potente e penetrante. Non appena questi frammenti entravano in contatto con l'atmosfera, si dissolvano in una luce pura, liberando un'onda di energia positiva che si propagava in ogni direzione.

Tutto intorno, la natura rispondeva a questo fenomeno.

Gli alberi sembravano brillare di una luce interna, le acque degli oceani scintillavano come se fossero state infuse di diamanti e persino l'aria sembrava carica di un'energia fresca e rigenerante.

Gli animali, sensibili a questi cambiamenti, uscivano dai loro rifugi, guardando in alto con meraviglia e curiosità.

In città, le persone uscivano dalle loro case, attratte da questo spettacolo celestiale. Molti si ritrovavano nelle piazze, nei parchi, ovunque ci fosse un pezzetto di cielo da ammirare.

Man mano che l'energia positiva dei frammenti permeava l'atmosfera, le tensioni, le paure e le preoccupazioni sembravano svanire, lasciando posto a un senso di unità e speranza.

All'interno dell'osservatorio, la squadra era rapita dalla visione. Anche se era chiaro che questo era un evento di proporzioni epiche, nessuno parlava, quasi come se il silenzio fosse necessario per assimilare pienamente la grandezza di ciò che stavano vivendo.

Alexandra, con gli occhi lucidi di emozione, si avvicinò al telescopio, cercando di osservare da vicino uno di questi frammenti. Non appena la lente mise a fuoco, poté vedere chiaramente che ogni frammento non era solo un pezzo di luce, ma conteneva al suo interno immagini, ricordi, storie. Era come se l'Ecosfera stesse condividendo con loro, e con tutto il mondo, la sua saggezza e la sua storia.

Questo spettacolo durò ore, finché l'ultimo frammento non si dissolse nell'atmosfera. La luce dell'alba iniziava a spuntare all'orizzonte, e il mondo, pur essendo lo stesso, sembrava completamente rinnovato.

La squadra si guardò intorno, consapevole di aver assistito a un momento di svolta per l'umanità. Una nuova era era iniziata, una di comprensione, armonia e rispetto per l'ambiente e per l'universo. La sfera aveva condiviso il suo messaggio, e ora spettava all'umanità ascoltarlo e agire di conseguenza.

CAPITOLO 13
L'ASCENSIONE

La pioggia luminosa dell'Ecosfera aveva trasformato il mondo in un palcoscenico di meraviglie. Le strade, un tempo piene di fretta e indifferenza, ora pullulavano di esibizioni incredibili: un uomo, prima incapace di disegnare una semplice linea retta, ora tracciava murales di una complessità e bellezza sconcertanti; una giovane ragazza, precedentemente introversa e timida, improvvisava discorsi filosofici profondi, attrarre folle di persone affascinate dalla sua saggezza.

Nelle università, studenti e professori collaboravano insieme, sfornando teorie rivoluzionarie a una velocità mai vista prima. Le equazioni e i modelli che una volta richiedevano anni di studio e riflessione, ora venivano risolti e perfezionati in ore o minuti. La fisica, la biologia, l'astronomia - ogni campo scientifico stava vivendo un'epoca d'oro di scoperte.

Le persone che erano state colpite direttamente dai frammenti luminosi emanavano un'aura particolare. Era come se fossero state elettrizzate da un'energia invisibile, e i loro occhi brillavano con una luce di consapevolezza. Non erano solo le loro capacità e talenti a essere stati potenziati, ma anche la loro empatia e comprensione. L'odio, la paura e l'ignoranza sembravano svanire di fronte alla grandezza di ciò che stavano vivendo.

Alexandra, pur non essendo stata colpita direttamente da un frammento, sentiva la potenza di questo cambiamento. L'osservatorio era diventato un punto di riferimento, un luogo dove le persone venivano per condividere le loro esperienze e per cercare di comprendere meglio ciò che stava accadendo. Lei e il suo team lavoravano incessantemente, cercando di capire l'origine di questi doni e di interpretare il vero messaggio.

In un mondo trasformato, emergono anche nuove sfide. Alcuni leader mondiali, temendo la perdita del loro potere di fronte a questo salto evolutivo, cercavano di reprimere e controllare la diffusione delle nuove conoscenze. Ma l'umanità, potenziata dalla saggezza della sfera, non era più disposta a tollerare l'oppressione e l'ingiustizia.

In questo clima di risveglio e rinnovamento, si parlava di "Ascensione". Era evidente che l' artefatto non aveva solo condiviso la sua energia e conoscenza, ma aveva anche innalzato il livello di consapevolezza collettiva dell'umanità. Ogni persona, a suo modo, stava contribuendo a creare un mondo migliore, più giusto e armonioso.

Il cambiamento delle persone, seguito alla pioggia di frammenti dell'Ecosfera, era profondo e tangibile. Era come se un velo fosse stato sollevato, rivelando potenzialità nascoste e facendo emergere la vera essenza dell'umanità.

Alcuni potenziamenti furono i seguenti:

**

Percezione Sensoriale Amplificata: La prima cosa che

molti notarono fu un aumento della loro percezione sensoriale. Colori e suoni erano più vividi. I profumi, anche i più delicati, erano nitidamente distinti e i sapori erano più intensi. Questo non solo rendeva l'esperienza quotidiana estremamente vivace, ma anche il cibo e la musica acquisivano una profondità mai provata prima.

**

Elevazione Cognitiva: Le capacità cognitive erano

nettamente migliorate. Le persone erano in grado di risolvere problemi complessi in un batter d'occhio, ricordare dettagli minuti di eventi lontani e comprendere concetti astratti con facilità. Questo si rifletteva nelle università e nei centri di ricerca, dove i progressi scientifici e filosofici erano rapidi e rivoluzionari.

**

Empatia e Connessione: Un altro cambiamento

radicale era la profonda empatia che le persone sentivano gli uni verso gli altri. Le barriere culturali, linguistiche e sociali sembravano evaporare. La gente era più incline ad ascoltare, comprendere e aiutare gli altri, sentendo un senso di unità e fratellanza mai provato prima.

**

Talenti e Abilità: Le abilità nascoste o sopite venivano

alla luce. Coloro che avevano sempre sognato di dipingere ma non avevano mai provato, ora creavano opere d'arte maestose. Allo stesso modo, chiunque avesse una passione latente - dalla danza alla scrittura, dalla musica all'invenzione - trovava ora in sé le capacità di eccellere.

**

Consapevolezza Spirituale: Oltre alle capacità fisiche

e mentali, c'era un profondo risveglio spirituale. Molte persone riferivano di esperienze mistiche, di una connessione più profonda con l'universo e di una comprensione della loro posizione e del loro scopo nella grande trama della vita.

**

Risposta Emotiva: C'era anche un profondo senso di

pace e serenità che pervadeva molti. Le ansie quotidiane e le paure sembravano attenuarsi, lasciando spazio a una tranquillità interiore e a una gioia pura. Ciò non significa che le sfide e i problemi erano spariti, ma che le persone erano ora meglio equipaggiate per affrontarle, con una resilienza e una forza d'animo rinvigorite.

Questi cambiamenti non erano uniformi per tutti. Mentre alcuni sentivano immediatamente gli effetti, altri avevano bisogno di più tempo per accogliere e integrare le nuove capacità e comprensioni. Ma una cosa era certa: il mondo, nella sua interezza, era in piena metamorfosi, e la direzione sembrava chiaramente incline verso un'era di illuminazione e progresso.

E mentre la Terra iniziava il suo nuovo capitolo, un sentimento pervadeva ogni angolo del pianeta: la sensazione che, nonostante le sfide e le incertezze del futuro, l'umanità era ora equipaggiata per affrontarle, guidata da una luce interiore e da un legame indistruttibile con l'universo.

CAPITOLO 14
LA NUOVA ALBA

Alexandra, in piedi sulla terrazza del suo laboratorio, sorseggiava lentamente una tazza di caffè, osservando la città in lontananza . Le strade erano piene di vita, ma era una vita diversa da prima: le persone sorridevano di più, condividendo risate e abbracci, ed esprimendo una sorta di gioia pura che non si era mai vista.

Il silenzio pacifico era interrotto solo dal dolce cinguettio degli uccelli e dal lieve sussurro del vento tra le foglie. Ma oltre a ciò, c'era un altro suono, quasi impercettibile: il sussurro di innumerevoli voci, parlanti, discutenti, creando. Era il suono di un'umanità rinnovata, al lavoro per forgiare il proprio destino.

Le riflessioni di Alexandra furono interrotte dal bip del suo cellulare. Guardò il display e vide che era un messaggio da uno dei membri del suo team.

"Sta succedendo, Alex. La fusione fredda è stata finalmente realizzata in un laboratorio a Tokyo. Stanno condividendo la tecnologia con il mondo. Questo potrebbe cambiare tutto."

Vennero scoperti sette pilastri della scienza moderna:

1. Fusione Fredda:Una delle conquiste più agognate nel

campo dell'energia. Non solo offre un'energia illimitata, ma lo fa senza i pericolosi scarti radioattivi associati alla fusione tradizionale. La fusione fredda potrebbe portare all'eliminazione della dipendenza dai combustibili fossili, riducendo significativamente l'impatto ambientale e risolvendo gran parte delle problematiche energetiche del mondo.

2. Purificazione dell'Acqua con Nano-Tecnologia:

Ricercatori in Sud America hanno sviluppato una membrana nano tecnologica che purifica l'acqua contaminata, rendendola potabile in pochi secondi. Questa invenzione ha il potenziale di fornire acqua pulita a miliardi di persone in tutto il mondo e di porre fine alle malattie legate all'acqua.

3. Agricoltura Verticale Avanzata: In Europa, le

innovazioni in agricoltura verticale utilizzano ora l'energia della fusione fredda per alimentare enormi serre urbane. Queste strutture, alte come grattacieli, possono sostenere raccolti tutto l'anno e potrebbero significare la fine della fame nel mondo.

4. Neuro-Interfaccia Olistica: In Nord America, è stata

ideata una tecnologia che permette agli esseri umani di collegarsi direttamente ai computer attraverso un'interfaccia neuronale. Ciò ha aperto la porta a una miriade di applicazioni, dalla medicina avanzata all'apprendimento accelerato.

5. Materiali Bio-Regenerativi: In Africa, scienziati hanno sviluppato materiali edilizi che crescono e si riparano da soli. Basati sulla biologia delle piante, questi materiali potrebbero rivoluzionare l'edilizia, rendendola più ecologica e sostenibile.

6. Trasporto Antigravitazionale: In Australia, prototipi di veicoli antigravitazionali sono ora in fase di test. Questi veicoli possono levitare e muoversi senza attrito, promettendo un futuro in cui il trasporto sarà rapido, efficiente e, soprattutto, ecologico.

7. Medicina Personalizzata tramite l'Intelligenza Artificiale: In Asia, sistemi IA avanzati possono ora analizzare il DNA di un individuo e prevedere malattie future. Più di ciò, possono anche formulare piani di trattamento personalizzati, garantendo cure mediche altamente efficaci e minimamente invasive.

Alexandra sentì un brivido lungo la schiena. Sapeva che era solo l'inizio. L'energia pulita e illimitata ora era una realtà. L'era dei combustibili fossili, delle guerre per le risorse e della distruzione ambientale stava volgendo al termine.

Mentre osservava la città svegliarsi, capì il vero significato di ciò che l'Ecosfera aveva fatto. Non era un giudizio, né una punizione. Era un dono. Un dono che aveva spinto l'umanità oltre i suoi limiti, oltre le sue divisioni, verso un futuro di pace e progresso.

Con un sorriso sul volto e una determinazione rinnovata nel cuore, Alexandra Rook tornò nel suo laboratorio. Aveva molto lavoro da fare, e con l'aiuto della sua squadra e dell'intera umanità, sapeva che potevano costruire un mondo migliore.

La nuova alba era solo l'inizio. E l'umanità, con le sue nuove capacità e la sua rinnovata comprensione, era pronta a risplendere come mai prima d'ora.

L'Ecosfera, da quando era apparsa, aveva sempre rappresentato un mistero, un enigma che aveva messo in moto eventi imprevisti e una corsa contro il tempo. Ma ora, quella stessa sfera, in un gesto finale, aveva svelato il suo vero intento: non di giudicare, ma di illuminare. Di spingere l'umanità oltre i suoi limiti, di unirla attraverso la sfida e di elevare ogni individuo a un nuovo livello di comprensione e capacità.

Nelle settimane che seguirono l'Ascensione, le città in tutto il mondo erano irriconoscibili. Le strade, una volta piene di traffico e caos, ora vedevano veicoli antigravitazionali librarsi silenziosamente sopra di loro. Gli edifici scintillavano di verde, le piante crescevano in ogni spazio disponibile, e le facciate erano coperte da materiali bio-regenerativi che assorbivano l'inquinamento e rilasciavano aria pulita.

Le persone, toccate dalle "stelle cadenti", erano cambiate. Artisti creavano opere d'arte che toccavano l'anima, scienziati collaboravano oltre i confini e le barriere, e perfino i leader mondiali, una volta divisi da ideologie contrastanti, ora si sedevano insieme per discutere di un futuro unito.

Alexandra Rook si trovava sulla terrazza di un edificio a New York, guardando l'orizzonte. I colori dell'alba tingevano il cielo di tonalità di arancione e viola, e il sole nascente prometteva un nuovo giorno. Accanto a lei c'era il suo fedele team, ognuno riflettendo su ciò che avevano attraversato e sul futuro che li attendeva.

"Abbiamo superato il test," mormorò Alexandra, una lacrima di sollievo e di gioia scendeva lungo la sua guancia.

Un dono che aveva spinto l'umanità oltre i suoi confini, che aveva rivelato la profondità del suo potenziale e che aveva segnato l'inizio di una nuova era. Un'era in cui l'umanità non era più definita dalle sue divisioni, ma dalla sua unità, dalla sua creatività e dalla sua capacità di evolversi.

E mentre il sole sorgeva, promettendo un nuovo giorno e un nuovo inizio, l'Ecosfera brillava da qualche parte nello spazio, come un faro silente, celebrando il trionfo dell'umanità e guardando avanti, verso nuove civiltà e nuovi mondi da illuminare.

L'ECOSFERA

IN UN MONDO DIVISO DA CONFLITTI, INGIUSTIZIE E DILEMMI TECNOLOGICI, UNA STRANA APPARIZIONE NEL CIELO CAMBIA TUTTO. L'ECOSFERA, UN OGGETTO MISTERIOSO DI ORIGINI SCONOSCIUTE, POSE ALL'UMANITÀ UN ENIGMA, UNA SFIDA CHE AVREBBE DETERMINATO IL SUO DESTINO.

LA DOTTORESSA ALEXANDRA ROOK, ASTROFISICA DI FAMA MONDIALE, SI TROVA AL CENTRO DEL CAOS. AFFRONTANDO PRESSIONI POLITICHE, ATTACCHI PERSONALI E LA CRESCENTE PAURA DEL MONDO, ALEXANDRA E IL SUO TEAM INTRAPRENDONO UNA CORSA CONTRO IL TEMPO PER DECIFRARE IL MESSAGGIO DELL'ECOSFERA E SCONGIURARE LA DISTRUZIONE TOTALE.

DAL VERTICE DELLE ISTITUZIONI SCIENTIFICHE ALLE PROFONDITÀ OSCURE DEI SEGRETI GOVERNATIVI, "L'ECOSFERA È UN VIAGGIO EMOZIONANTE CHE ESPLORA CIÒ CHE SIGNIFICA VERAMENTE ESSERE UMANI. QUESTO THRILLER, CON LA SUA NARRAZIONE TESA E I COLPI DI SCENA MOZZAFIATO, FA RIFLETTERE SUI VALORI, SULLA RESILIENZA DELL'UMANITÀ E SUL NOSTRO POSTO NELL'UNIVERSO.

QUANDO IL FUTURO DELL'UMANITÀ È IN BILICO, UNA DOMANDA RIMANE: RIUSCIRÀ L'UMANITÀ A SUPERARE LE PROPRIE DIVISIONI E A RISVEGLIARE IL VERO POTENZIALE CHE SI TROVA DENTRO DI ESSA?

"UN CAPOLAVORO CHE UNISCE SUSPENSE, SCIENZA E FILOSOFIA IN UN RACCONTO INDIMENTICABILE." - **VANITY AFFAIR**

"UN VIAGGIO MOZZAFIATO ATTRAVERSO LE PROFONDITÀ DELL'ANIMA UMANA E LE STELLE." - **MARIA VALENTE, AUTRICE BEST-SELLER**

BIOGRAFIA

Nato in una piccola cittadina ligure nel 1992, Davi
Joy è cresciuto immerso nei racconti di vecchie leggende locali e nei misteri delle valli circostanti. Da sempre appassionato di scienze e letteratura, Davi ha combinato questi interessi per forgiare una carriera come uno dei principali autori thriller d'Italia. Dopo aver conseguito una laurea in astrofisica nucleare quantistica all'Università di Stierling, ha lavorato per diversi anni presso l'osservatorio astronomico di Monte Porzio Catone, dove ha sviluppato un profondo apprezzamento per l'infinito e l'incomprensibile. Questa passione per l'universo ha influenzato molti dei suoi romanzi, che spesso intrecciano il mistero dell'ignoto con le intricate dinamiche della natura umana.

È con il suo primo romanzo "La Sfera", la sua opera più recente, che Davi ha catturato l'immaginazione del pubblico globale, unendo suspense, scienza e filosofia in una trama avvincente che riflette le nostre più profonde paure e speranze.Quando non scrive, Davi ama passeggiare per i sentieri delle colline olandesi, esplorare antiche città nascoste e osservare il cielo stellato in cerca di ispirazione. È anche un appassionato collezionista di libri antichi e spesso tiene conferenze sull'intersezione tra scienza, storia e narrativa. Attualmente vive ad

Amsterdam e abusa di sostanze sintetiche per ampliare la conoscenza cosmica. Un vero poeta maledetto.

Printed in Poland
by Amazon Fulfillment
Poland Sp. z o.o., Wrocław